KB018114

어린이 마음 시툰

갑자기 인기 짱

어린이 마음 시툰

갑자기 인기 짱

글·그림 안병현 · 시 선정 김용택

창비

안병현의 말

오늘의 일상이 훗날 추억으로 힘이 될 수 있기를

일상 속 반짝이는 찰나를 채집해 오랫동안 거르고, 빻고, 달이고, 잘 말려 활자로 구현하는 시인들의 마법 같은 글귀는 읽는 이의 마음에 스미고 기억을 환기시켜 세상을 좀 더 아름답게 볼 수 있는 방법을 알려 줍니다.

저 또한 이 책을 보는 이들이 지금의 기억을 조금 더 아름답고 즐겁게 간직하길 바라는 마음으로, 주옥같은 스무 시 한 편 한 편을 이미 어른이 된 어린이가 시선을 낮추어 정성껏 그렸습니다.

시간을 견디어 먼 훗날에도 다시 생각나도록, 그렇게요.

시를 선정해 주신 김용택 선생님과 좋은 책 나오도록 애써 주신 창비교육 관계자분들, 한국만화영상진흥원에 고마움을 전합니다.

김용택의 말

꽃을 찾아 날아가는 나비들을 위하여

시 속에 갇혀 있던 나비가
그림 속으로 날아들어 갔어요.

그림 속에서 날던 나비가
내 손끝으로 날아와 앉았다가
꽃을 찾아 날아가요

나비를 따라가요
나비가 되어 나비를 따라가요
꽃을 찾아 따라가요

이 '어린이 마음 시툰'은
꽃을 찾는 어린 나비들에게

이 세상에 없는 놀라운
꽃밭을 보여 줄 것입니다.

차례

조이, 시를 만나다

내 이름은 조이!

아아! 좋은 날이야~

매일 그냥 지나치던 것들도
마음을 차분히 하고
찬찬히 들여다보면

숨은 보물을 찾을 수 있어!

친구를 만나고
백두랑
친구와 함께~
반짝꽃
무지개
매일매일
새로운 이야기~
룰루
랄라

팟!
아아! 이 기분을 어떻게
표현해야 할까~
내가 있으면 가능해!

네가 누군데?
액체 괴물?
슬라임?
슉!
ㅠㅠ

난 '은유'라고 해!
쑥!

응? 그게 뭐야?
네가 느끼는
바로! 그 감정을
다른 무언가에
빗대어 말하는
그런 거!

이렇게
띠용
띠용

저렇게
요렇게

세상 모든 마음, 감정,
아름다움, 슬픔, 기쁨,
행복, 외로움, 쓸쓸함,
기타 등등 이하 생략!
나를 통해~ ♪
슝
착!
둥둥~
은유를 통해!

노래해~
빰빠라바라라~

그게 바로

시!

01 봄은 마치

동시: 봄

아, 평화로운 날이야.

모든 게 깨어나고 있어!

고양이의 품 안에

안겨 있는 기분이야.

봄

윤동주

우리 애기는
아래 발치에서 코올코올

고양이는
부뚜막에서 가릉가릉

애기 바람이
나뭇가지에 소올소올

아저씨 해님이
하늘 한가운데서 째앵째앵

02 남매들

동시: 발 닦기

장지 언니~ 오늘 좀 멋지게 꾸며서 씻기 싫겠는데?

고마워, 약지야~ 머리 감고 멋 좀 냈지!

응애! 응애! 엄마! 졸려!
으아앙!

어이구~!
이리 오렴, 우리 새끼~
씻겨 주고 재워 줄게!
아아악

발 닦기

권오삼

아침부터 오후 늦게까지
신발 속에서만 지냈던 발
뽀드득 소리가 나도록
깨끗이 닦는다.

발등을 닦고
발뒤꿈치를 닦고
발바닥도 닦는다.

발가락을 닦을 땐
발가락들이 시원하다는 듯
자꾸 꼼지락거린다.

발을 닦고 자리에 누우면
잠도 뽀송뽀송 잘 온다.

동시: 감자꽃

찾았다! 꼬리만 봐도 안다고!

할머니~ 거기서 뭐 하세요?

감자랑 숨바꼭질한다~
꽃만 봐도 알거든!

감자꽃

권태응

자주 꽃 핀 건 자주 감자,
파 보나 마나 자주 감자.

하얀 꽃 핀 건 하얀 감자,
파 보나 마나 하얀 감자.

동시: 우리 반 여름이

오고 있어! 느껴진다고!

우리 모두 불러 보자!

여름아

잘 지냈니?
오랜만이야~

우리 반 여름이

김용택

우리 반에 여름이

가을에도 여름이

겨울에도 여름이

봄이 와도 여름이

우리 반에 여름이

여름 내내 여름이

동시: 수박씨

누나가 하품하니까 나도 하품 나.

하품은 전염된다 안 카나?

수박씨

최명란

아~함

동생이 하품을 한다

입안이

빨갛게 익은 수박 속 같다

충치는 까맣게 잘 익은 수박씨

06 비 오는 날

동시: 좋겠다

깔깔깔깔깔깔깔

이제 그만 놀고
씻어야지~
아쉬워….
아, 씻기 싫다.
힝

그래!
좋은 수가
생각났어!

아니!
어딜 가니?!
파다다다다다다닥
통
통
통

쏴아아아아아아아아아아아아아

잠시 후
아이고~
어서 욕실로
들어가렴.
인형도
다 젖었네....
쪼딱
쪼딱

아니, 또 어딜 나가니?!
감기 걸린다!
비누랑 샴푸를
깜빡해서요!
야호!

좋겠다

서정숙

꽃잎은 좋겠다,
세수 안 해도.
방울방울 이슬이
닦아 주니까.

나무는 좋겠다,
목욕 안 해도.
주룩주룩 소낙비
씻어 주니까.

07 외롭지 않아

동시: 밤길

고마워, 달님아!
스르륵

짠
달님!
안녕 안녕!
나야 나!
반가워!

까아아악
도깨비다!

훌쩍 훌쩍
개골
개골
개골

슈슉
...
ㅠㅠ

개굴아,
너도 날 보면 놀랄 거야.
저리 가렴….
개고올…

개굴!

랄랄라 외롭지 않아~

밤길

김종상

어두운 밤길에서
넘어질까 봐,
달님이 따라오며
비추어 줘요.

혼자서 걸어가면
심심할까 봐,
개구리 개굴개굴
노래해 줘요.

동시: 우리 집 꿀돼지

으하하하 안 씻을 꼬야!!

이빨도 안 닦고 아무데서나 끙아!
아악
뿌직
뿌직

얘들아!
밥 먹자~
야옹~
멍!

헉
꿈이었구나....
헉
헉
헉

일찍 일어나고,
음식 골고루 먹고,
양치 잘하고….
학교 잘 다녀오렴~
저녁에 삼겹살
구워 줄게~ ♥

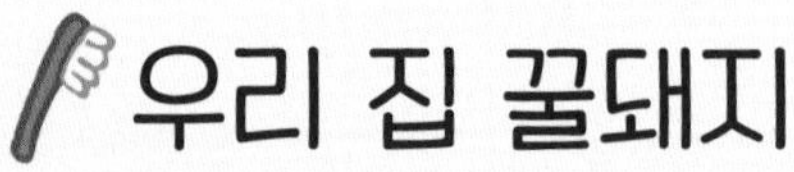

우리 집 꿀돼지

문삼석

돌돌 작은 꼬리
말아 붙이고

빼끔빼끔 콧구멍
식식대면서

우리 집 꿀돼지
꿀꿀꿀꿀

밥 달라고 온종일
꿀꿀꿀꿀.

"꿀꿀꿀!"

09 아프지 않아

동사: 치과에서

진료실
조이 양,
들어오세요~
잘 다녀와.
으으으

어흥

꺄아아아아아악

뚝!

뿅
?

어때? 눈 깜빡
하니 끝났지?

음, 뽑고 나니 아프지 않네...!
다음 어린이 들어오세요~

치과에서

김시민

아, 아
입을 더 크게 벌려야 하는데
으, 으
점점 입이 다물어진다

이를 빼야 하는데
눈물이 먼저
쏙
빠진다

10 이를 뽑았어

동시: 바쁜 내 콧구멍

앞니 두 개를 뽑았다.

우우아아아아아아아
말
말
말
히잉~
다그닥 다그닥

침도 흐른다.
깔깔

우아아 아 아아아 아
첨벙
첨벙

와~! 대단하다.
굉장해!!

바쁜 내 콧구멍

이정록

앞니 두 개 뽑았다.

대문니가 사라지자

말이 술술 샌다.

침이 질질 흐른다.

웃으면 안 되는데

애들이 자꾸만 간지럼 태운다.

갑자기 인기 짱이다.

귀찮아서 죽겠다.

입 다물고 도망만 다닌다.

콧물 들이마시랴 숨 쉬랴

콧구멍만 바쁘다.

저녁 무렵 밤하늘엔

동시: 저녁별

보글
보글

니아옹~

다녀오셨어요~
어서 저녁 먹자~

힝, 심심해.
외로워….
하하하
호호호

이리 오렴.

뻥

저녁별

송찬호

서쪽 하늘에
저녁 일찍
별 하나 떴다

깜깜한 저녁이
어떻게 오나 보려고
집집마다 불이
어떻게 켜지나 보려고

자기가 저녁별인지도 모르고

저녁이 어떻게 오려나 보려고

12 어른이 되고파!

✿ **동시:** 나만 보면

짜잔!
와! 이제 어른이야!
완전 자유라고!
차 운전하고
회사에 갈 거야!

빵
빵

아! 다시 열 살로 돌아가고 싶어.
우린 아직 어른이 될 준비가 안 됐다고!

쾅
쾅
쩌억
쩌억

어른의 무게가
이 정도인가 봐.
멍…
밥부터 많이
먹어야겠어….

나만 보면

이송현

아빠는 나만 보면
아빠도 열 살 같대요.

아들, 딱지치기 한 판 어때?
폭신폭신 이불 위에서 레슬링하자!
엄마 몰래 국자에 달고나 해 먹을까?

아빠는 나만 보면
자꾸만 열 살짜리가 되려고 해요.
이러다가
내가 아빠의 아빠 되겠어요.

13 사랑 분식

동시: 참 좋은 말

사랑 한 접시 주세요.

저는 사랑 한 꼬치요!

냠냠

사랑 한 컵도요!

꿀꺽
꿀꺽

아~ 마음 부르다~ ♥

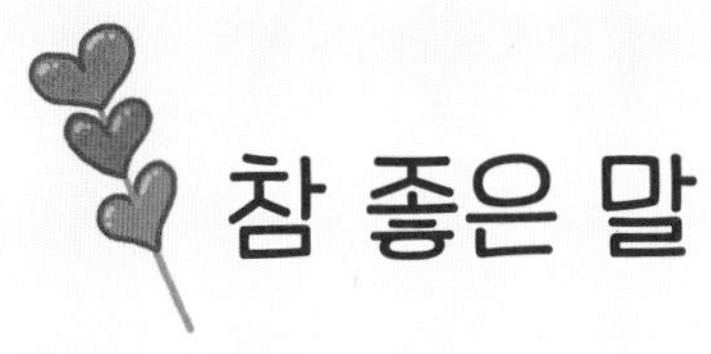

참 좋은 말

김완기

사랑해요 이 한마디 참 좋은 말
우리 식구 자고 나면 주고받는 말
사랑해요 이 한마디 참 좋은 말
엄마 아빠 일터 갈 때 주고받는 말
이 말이 좋아서 온종일 신이 나지요
이 말이 좋아서 온종일 일 맛 나지요
이 말이 좋아서 온종일 가슴이 콩닥콩닥인대요
사랑해요 이 한마디 참 좋은 말
나는 나는 이 한마디가 정말 좋아요
사랑 사랑해요

14 언제 오실까?

동시: 혼자 자는 아가

꽃아, 엄마 아빠
언제쯤 오실까?
글쎄. 내 물도
갈아 달라고
해야 하는데.
냉장고야, 엄마 아빠
언제쯤 오실까?
글쎄. 근데 내 문이
살짝 열려 있는데
좀 닫아 줄래?

티비야, 엄마 아빠
언제쯤 오실까?
글쎄. 나도 이제 깨어나고 싶어.
리모컨으로 나 좀 깨워 줄래?
붕어야, 엄마 아빠
언제쯤 오실까?
글쎄. 나 배고픈데 먹을 것 좀 있니?

힝… 훌쩍!

탈칵
멍!

멍
멍!

...

머!
멍
머!
머!

혼자 자는 아가

이태준

아빠는 밭에 가시고
엄마는 물 길러 가시고
아가는 기다리다 기다리다
잠이 들었네.

혼자 자는 아가는
베개를 안고
혼자 자는 아가는
눈물이 났네.

아빠는 밭에 가시고
엄마는 물 길러 가시고
아가는 기다리다 기다리다
잠이 들었네.

혼자 자는 아가는
제비가 보고
혼자 자는 아가는
구름이 보네.

15 나무 아파트

동시: 너도 와

뿌우
졸졸졸

뽕

쑥
욱!
우아!
나무 아파트야!

와와!
야호!
멋지다!
깔깔깔!

쿵
쿵
짝
짝
쿵

펑
퍼
펑

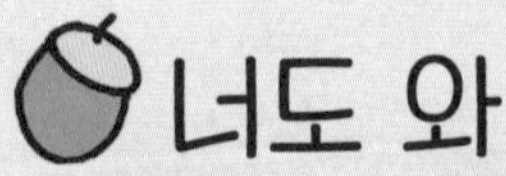

너도 와

이준관

우리들은 집에 즐거운 일이 있으면

다 부릅니다

얘들아 우리 집에 와

참새를 만나면

참새야, 너도 와

노랑나비를 만나면

노랑나비야, 너도 와

집에 즐거운 일이 있으면

집이 꽉 찹니다.

코와 귀를 기울이면

동시: 비오는 날

왜?
키우려고?
달팽이랑 지렁이야.
달리기 시합
하려고?

어둑어둑해.
벌써 밤인가?
하늘에
커튼 친 것 같아.

냄새가 나.
누가 향수를
뿌렸나?
킁킁
너희 방귀
뀌었니?
킁킁

먼지 냄새, 싸한 냄새, 흙냄새

뭐 하는 거야?
곧 들릴 거야.

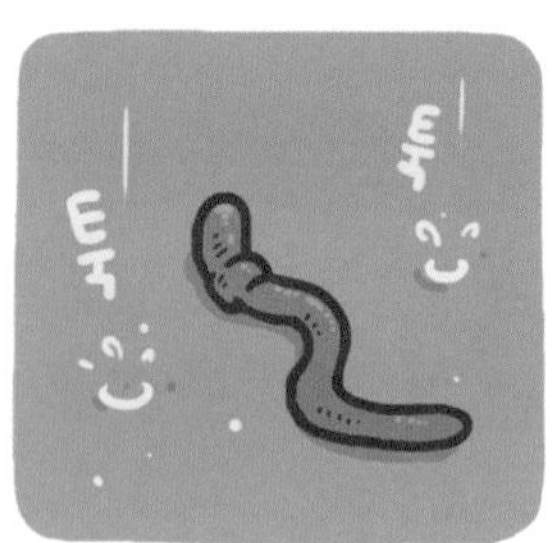

쏴 아 아 아 아 아

비 오는 날

임복순

소리 지르고
떼쓰기도 잘하는 희재가
오늘따라 조용하다.

"희재야, 어디 아파?"

"비가 오잖아.
비가 뭐라 그러는지 듣고 있어."

…….

아이들 눈이 빗방울처럼 동그래진다.

우리는 다 같이 눈 감고
비가 뭐라 그러는지 들어 보기로 한다.

17 음식 뽑기

동시: 네잎클로버

음식뽑기

음식 뽑기?
이게 뭐지?

캡슐 안에
음식이 있나 봐.

내가 먼저
해 볼게!

이야! 잘 익은 대왕 도토리야!
먹음직스럽네!

어디 나도 한번!
500

스윽-
드르륵

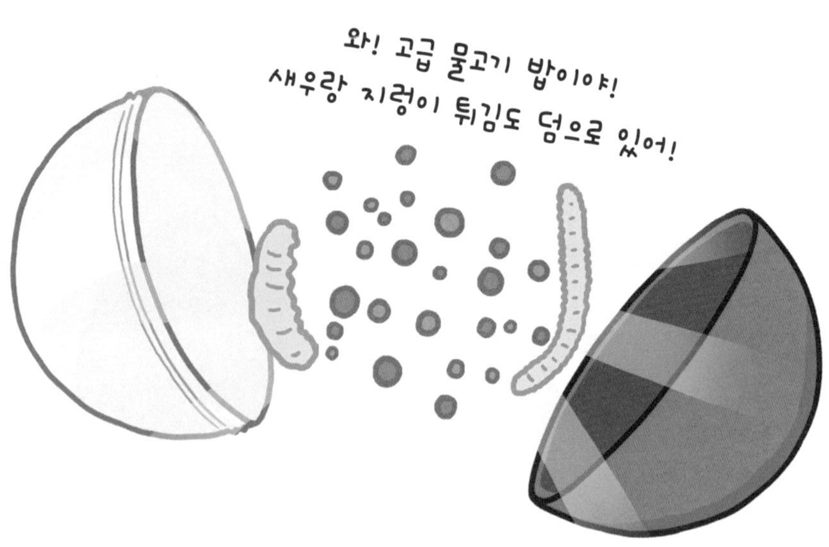
와! 고급 물고기 밥이야!
새우랑 지렁이 튀김도 덤으로 있어!

난 두 번
뽑을 거야!
엄청 배고팡!
꼬르륵
드륵 드르륵
뽕

두 — 둥
이럴 수가 ㅠㅠ
콩 한 알이라니….
털
썩
내 도토리 먹어 볼래?
물고기 밥 나눠 줄까?
으으으
고맙지만 난 못 먹어….
흥!
500
꾸르륵꾸르륵~
동전 하나 남았다구!

아싸!

음식뽑기
아, 나도 배고프다….

거북이 대신
토끼랑
경주했거든.
아주 힘들었어….

우아! 클로버 곱빼기!

아침
점심
저녁
그리고 야식까지!
아하!
오물
오물
행운이야!

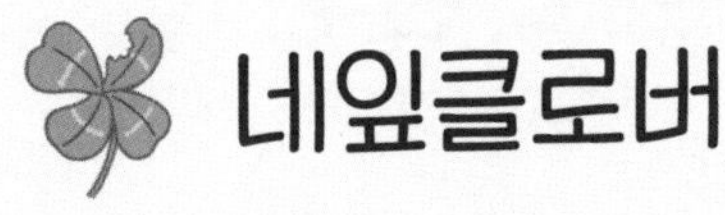

네잎클로버

안상학

달팽이가 클로버 잎을 먹는다

아침에 한 잎

점심에 한 잎

저녁에 한 잎

세잎클로버로 하루 먹고 산다

행운의 네잎클로버를 만난 날

달팽이는 신난다

아침에 한 잎

점심에 한 잎

저녁에 한 잎

나머지 한 잎으로 야식까지 한다

18 진짜 빠른 내 친구

동시: 잘난 척하기는

땅!

팟!

파바바바바바바박

쌩
다다다다다다다다다다다다
슈파파파파파파파파파

… 근데… 이게
무슨 소리지?

헛둘 헛둘

헛둘 헛둘

헛둘 헛둘
헛둘 헛둘
헛둘 헛둘

헛둘 헛둘
헛둘 헛둘
헛둘 헛둘
헛둘 헛둘

쌩~
헛둘 헛둘
헛둘 헛둘

와 아 아 아
♫

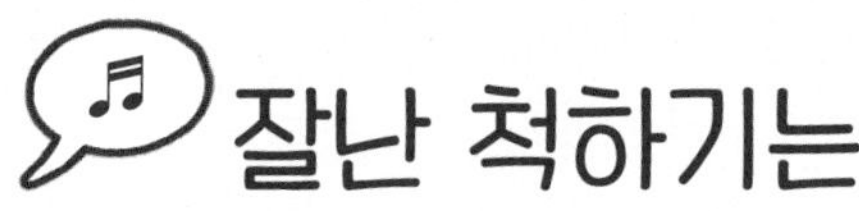

잘난 척하기는

박성우

엄마, 송현이 몰라?

걔, 달리기 엄청 잘해.
걔는 아마 타조보다도 빠르고
치타보다도 빠를걸.
암튼, 그렇게 빨리 달리는 애는 첨 봤어.

어휴우, 내가 겨우 이겼다니까.

19 시골에 가면

동시: 모기향을 피우면

시골에 가면 논밭도 있고

시골에 가면 할머니도 있고

시골에 가면 송아지도 있고

시골에 가면 다슬기도 있고

시골에 가면 별도 많고

시골에 가면 모기도 많고….

앗! 별똥별이야!

앗!
저기 또!
추억도 쏟아진다!

졸려?
흠…
무슨 생각
하는 거야?

소중한 추억을 잘 잡아다가 기억 속에

하나둘 저축해서

마음 부자가 되려고!
아하!
좋은 생각이야!

할머니!
옛날이야기
해 주세요~
오냐~

모기향을 피우면

김동억

밤마다
모기향을 피우면

천장 가득
고향 하늘
별이 뜬다.

매캐한
모깃불 내음 속에
여름 한밤을 보내던
할머니 옛이야기

한 자루, 한 자루
별똥별 되어 흐르면

한 닢 멍석에
스르륵 잠이 들 듯
안겨 오는 그리움.

모깃불
내음 속에
여름밤이 깊어 간다.

20 옛날 옛적에

동시: 나비

옛날 아주 먼 옛날, 깊은 산속 어딘가에
새 한 마리가 물고 가던 씨앗 두 개가 떨어졌어.

씨앗은 싹을 틔웠고

어느덧 자라 꽃을 피웠어.

두 꽃은 서로의 가까이에 가고 싶었지만 그럴 수 없었지.

그러던 어느 날, 한 꽃이 지나가는 나비에게 부탁을 했단다.

꿀을 먹은 나비는 꽃의 소식을 전하기 위해 훨훨 날았어.

나비는 오랫동안 두 꽃 사이를 날아다니며 서로의 안부를 전했어.
나비는 꽃들 덕에 맛있는 꿀을 배불리 먹을 수 있었고,
꽃들은 나비 덕분에 외롭지 않았지.

그러던 어느 날, 한 꽃이 병에 걸렸어.
꽃잎은 시들어 떨어졌고, 꿀은 거의 남지 않았지.

나비는 그냥 돌아갈까 생각했어.
마침 하늘이 어두워지고 세찬 바람이 불어왔거든.

꽃은 그렇게 마지막 말을 남기고 바람에 꺾여 버렸어.

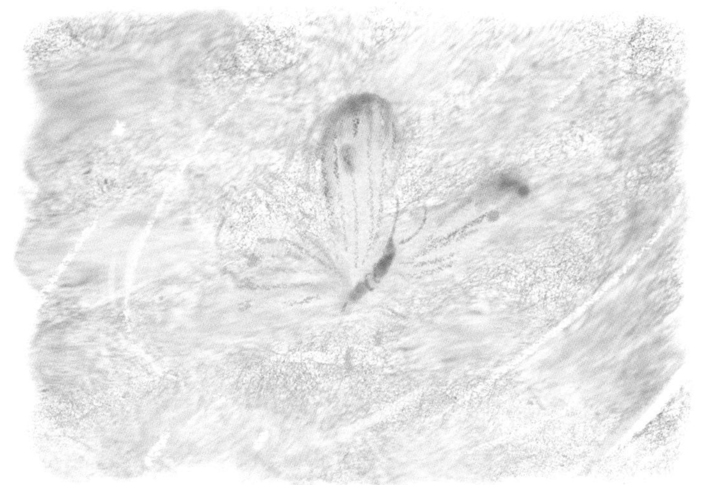

나비는 꽃의 마지막 부탁을 들어주기로 결심하고
있는 힘껏 날았지.

바람이 세찼고, 빗방울이 떨어졌어.

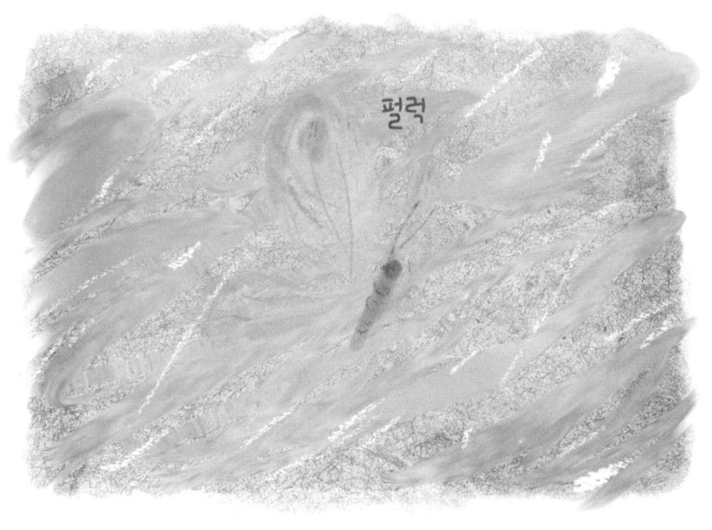
펄럭

펄럭

나비는 가까스로 꽃에 닿았고…

소식을 들은 꽃이 슬퍼하는 동안…

기력을 잃었어.

폭풍우가 걷히고

시간이 흐른 뒤.

꽃은 잎을 걷어 내고 열매를 맺었단다.

노란색 예쁜 열매를.

나비

김용택

나비가 바람 속을 날아갑니다.

있는 힘을 다하여 날아갑니다.

저기 저 꽃으로 나는 꼭 가야 해

나비가 바람 속을 날아갑니다.

있는 힘을 다하여 날아갑니다.

나는 저기 저 꽃까지 꼭 가야 해

특별 코너 1

말풍선 넣기

맑은 하늘에 갑자기 무지개가 떴어요.
그림을 보고 친구들의 대화를 상상해 보세요.

우연히 발견한 책을 펼쳤더니 이상한 일들이 일어났어요.
여러분은 어떻게 생각하나요?

특별 코너 2

다른 그림 찾기

숲속 무대에 음악 공연이 열렸어요.
눈을 크게 뜨고 두 그림의 다른 부분을 발견해 보세요!
(총 12군데)

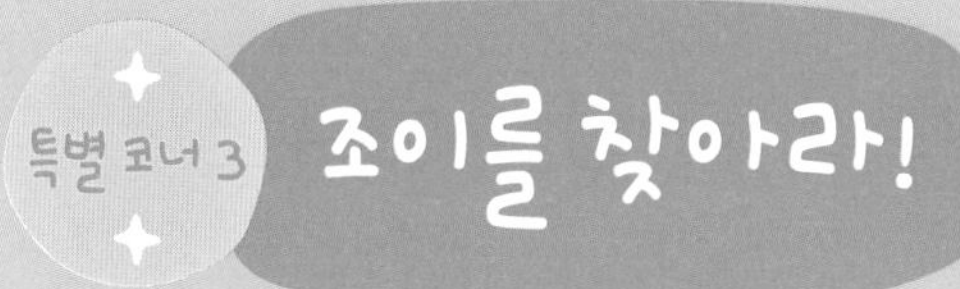

책 나라 여행. 그림 속에서 조이와 친구들을 찾아보아요.

읽은 동시 가운데 한 작품을 골라 옮겨 적고,
그에 어울리는 그림을 그려 보세요!

시인 소개

권오삼(1943~)

시원시원한 어투로 강렬한 메시지가 드러나는 작품을 꾸준히 발표하고 있다. 좋은 동시란 내가 동시를 쓰며 놀고 있으니 "얘들아, 같이 놀아 보자" 하는 것이라고 한다. 동시집 『물도 꿈을 꾼다』, 『고양이가 내 뱃속에서』, 『똥 찾아가세요』, 『진짜랑 깨』, 『라면 맛있게 먹는 법』 등을 썼다.

권태응(1918~1951)

문학가이자 독립운동가였다. 음악과 운동을 좋아했고, 다정다감하고 정의감이 강한 성격이었다. 해방기 농촌의 자연과 어린이의 삶을 아름답게 그려내었다. 시 「감자꽃」은 일제의 창씨개명에 반항하려는 의도로 지었다고 한다. 육필 동시집 『송아지』, 『하늘과 바다』 등을 썼다.

김동억(1946~)

40년 간 교직에 몸담으며 아이들과 함께했다. 아이의 눈으로, 아이의 마음으로 바라본 세상 속 이야기를 들려준다. 동시집 『해마다 이맘때면』, 『정말 미안해』, 『하늘을 쓰는 빗자루』, 『무릎 의자』 등을 썼다.

김시민(1967~)

자신이 쓰는 동시 한 편이 아이들에게 숙제거리가 되는 건 아닐지 생각한다. 자신의 시가 교과서에 실리면서 아이들의 목소리를 더욱 담아내야겠다고 결심하고 시를 쓰고 있다. 동시집 『아빠 얼굴이 더 빨갛다』, 『자동차 아래 고양이』, 『별표 다섯 개』, 『공부 뷔페』를 썼다.

김완기(1938~)

50여 년의 시간 동안 교사로 아이들과 함께 지냈다. 지금도 잠시 눈을 감으면 그때처럼 어린이들이 재잘거리며 달려와 자신의 눈 속에서 놀고 있다고 말한다. 동시집 『동그란 나이테 하나』, 『눈빛 응원』, 동화집 『둘만의 약속』, 『동물원 수의사 선생님』 등을 썼다.

김용택(1948~)
시인은 태어나고 자란 고향 임실에서 22세부터 초등학교 아이들을 가르쳤다. 아이들이 시인에게 붙여 준 별명은 '땅콩'이다. 자연과 시골 사람들을 소재로 한 따뜻한 시를 많이 썼다. 동시집 『콩, 너는 죽었다』, 『너 내가 그럴 줄 알았어』, 『어쩌려고 저러지』 등을 썼다.

김종상(1935~)
53년간 초등학교에서 어린이들과 지내며 동시, 동화 등을 써 왔다. 편안하고 가슴이 따뜻해지는 소재를 중심으로 동시를 주로 쓴다. 동시집 『어머니 무명치마』, 『흙손 엄마』, 『강아지 호랑이』, 『손으로 턱을 괴고』 등을 썼다.

문삼석(1941~)
50년이 넘는 시간 동안 교직 생활을 하며 동심과 함께 살아왔다. 더 밝고 더 맑은 동심에 다가서서 더 좋은 동시를 쓰겠다는 욕심을 언제까지라도 버리고 싶지 않다고 한다. 동시집 『산골 물』, 『바람과 빈 병』, 『우리들의 모자와 신발』, 『그냥』, 『따뜻한 둘』 등을 썼다.

박성우(1971~)
시인의 작품에는 늘 온기가 느껴진다. 사람과 삶을 바라보는 시선 안에, 하나의 존재가 다른 존재에게 전해 줄 수 있는 체온이 담겨 있다. 문단 내의 소문난 '딸 바보'다. 동시집 『불량 꽃게』, 『동물 학교 한 바퀴』, 어린이책 『아홉 살 마음 사전』 등을 썼다.

서정숙(1937~1997)
유치원 장학사와 유치원장을 지내며 평생 아이들을 위한 일을 했다. 동시집 『아가 입은 앵두』, 동요곡집 『노래야 노래야』, 동시 감상을 위한 교구 제작 자료집 『움직이는 동시』 등을 썼다.

송찬호(1959~)

어떤 대상이나 사물을 오래 들여다보고 있으면 어느 한순간 초점이 또렷해지는 순간이 있다. 그렇게 시가 가까이 있다는 예감으로 긴장하며 지낸다는 시인이다. 동시집 『저녁별』, 『초록 토끼를 만났다』, 『여우와 포도』를 썼고, 시집 『고양이가 돌아오는 저녁』 등을 썼다.

안상학(1962~)

어린 시절에는 우울해 보이고 말수가 적은 아이였다. 장래희망은 초등 시절 줄곧 화가였다. 소박하면서도 온화한 서정으로 살아 있는 모든 것의 마음을 다정히 살피고 어루만진다. 동시집 『지구를 운전하는 엄마』, 시집 『아배 생각』 등을 썼다.

윤동주(1917~1945)

1936년 『카톨릭 소년』에 동시를 발표하며 작품 활동을 시작했다. 서울과 일본 유학 시절에는 만주의 아이들에게 문예지를 부치거나 동화를 권하며 향수를 달랬다. 그의 동시에는 천진한 소년의 마음이 펼쳐져 있다. 유고 시집 『하늘과 바람과 별과 시』가 있다.

이송현(1977~)

말도 안 되는 농담과 수영, 수구를 좋아한다. 늘 유쾌하고 즐겁게 살려고 노력한다. 오랫동안 킥킥 소리 내어 함께 웃을 수 있는 이야기를 쓰길 소망한다. 동시집 『호주머니 속 알사탕』, 동화책 『아빠가 나타났다!』, 『왕쎄미의 황금 리본 초대장』 등을 썼다.

이정록(1964~)

동네의 잔 주먹을 피하려고 여섯 살에 초등학교에 들어갔다. 어쩌다 학급 글짓기 대표 선수로 뽑혀 내키지 않는 글을 썼고, 고등학교 2학년 때부터 시인을 꿈꿨다. 입심이 좋아 그가 있는 곳은 웃음이 끊이지 않는다. 동시집 『콧구멍만 바쁘다』,『저 많이 컸죠』,『지구의 맛』 등을 썼다.

이준관(1949~)

어린 시절 무척 조용한 성격으로 '교실 뒤편의 빗자루 같은 아이'였다고 자신을 표현한다. 교과서에 실린 한 편의 동시를 읽고 아동 문학을 하게 되었다. 동시집『크레파스화』,『씀바귀꽃』, 『쥐눈이콩은 기죽지 않아』,『웃는 입이 예쁜 골목길 아이들』, 시집『가을 떡갈나무 숲』 등을 썼다.

이태준(1904~?)

'시에는 지용, 소설에는 상허'라는 말에서 알 수 있듯이 자타가 공인하는 조선 최고의 문장가였다. 시, 동화, 수필, 평론 등 문학의 전 장르에 걸쳐 왕성한 활동을 했다. 동화책『어린 수문장』,『슬픈 명일 추석』,『몰라쟁이 엄마』 등을 썼다.

임복순(1964~)

초등학교에서 교사로 일하며 아이들과 함께 지내고 있다. 시인은 아이들을 가르치려 들지 않고, 섣불리 대변자가 되려고 나서지도 않으며, 그저 아이들의 마음을 섬세하고 정교한 문장으로 담아낸다. 동시집『몸무게는 설탕 두 숟갈』,『날아라, 교실』(공저)을 썼다.

최명란(1963~)

아이의 입장에서 세상을 바라보는 참신하고 기발한 발상의 시를 발표하고 있다. 동시를 쓰는 것이 즐겁고, 마음에서 동시가 나오면 동시를, 시가 나오면 시를 쓴다고 한다. 동시집『하늘天 따地』,『수박씨』,『해바라기야!』『우리는 분명 연결된 거다』, 시집『쓰러지는 법을 배운다』,『명랑 생각』 등을 썼다.

작품 출처 • 수록 교과서

지은이	작품명	출처	수록 초등학교 국어 교과서(2015 개정)
권오삼	발 닦기	『진짜랑 깨』(창비, 2011)	
권태응	감자꽃	『권태응 전집』(창비, 2018)	
김동억	모기향을 피우면	『해마다 이맘때면』(아동문예사, 1988)	
김시민	치과에서	『아빠 얼굴이 더 빨갛다』(리잼, 2007, 개정판)	2-1 국어 (가) 1단원
김완기	참 좋은 말	『참 좋은 말』(시선사, 2018)	2-2 국어 (가) 5단원
김용택	나비	『너 내가 그럴 줄 알았어』(창비, 2008)	
김용택	우리 반 여름이	『콩, 너는 죽었다』(문학동네, 2018)	
김종상	밤길	『어머니 무명 치마』(창비, 1991, 개정판)	1-1 국어 (가) 4단원
문삼석	우리 집 꿀돼지	『동물 친구랑 종알종알 말놀이 동시』(글송이, 2007, 개정판)	
박성우	잘난 척 하기는	『우리 집 한 바퀴』(창비, 2016)	
서정숙	좋겠다	『아가 입은 앵두』(보물창고, 2013)	1-1 국어 (나) 7단원
송찬호	저녁별	『저녁별』(문학동네, 2011)	
안상학	네잎클로버	『지구를 운전하는 엄마』(창비, 2018)	
윤동주	봄	『민들레 피리』(창비, 2017)	2-1 국어 (가) 1단원
이송현	나만 보면	『호주머니 속 알사탕』(문학과지성사, 2011)	2-2 국어 (가) 5단원

이정록	바쁜 내 콧구멍	『콧구멍만 바쁘다』(창비, 2009)	
이준관	너도 와	『웃는 입이 예쁜 골목길 아이들』(고래책빵, 2018)	1-2 국어 (가) 5단원
이태준	혼자 자는 아가	『귀뚜라미와 나와』(보물창고, 2014)	
임복순	비 오는 날	『몸무게는 설탕 두 숟갈』, (창비, 2016)	
최명란	수박씨	『수박씨』(창비, 2008)	2-2 국어 (가) 1단원

다른 그림 찾기 정답

조이를 찾아라! 정답

어린이 마음 시툰

갑자기 인기 짱

초판 1쇄 발행 • 2019년 12월 25일
초판 3쇄 발행 • 2021년 12월 28일

글·그림 • 안병현
시 선정 • 김용택
펴낸이 • 강일우
편집 • 김현정
디자인 • 김선미
조판 • 이주니
펴낸곳 • (주)창비교육
등록 • 2014년 6월 20일 제2014-000183호
주소 • 04004 서울특별시 마포구 월드컵로12길 7
전화 • 1833-7247
팩스 • 영업 070-4838-4938 / 편집 02-6949-0953
홈페이지 • www.changbiedu.com
전자우편 • textbook@changbi.com

ISBN 979-11-89228-70-5 74810
979-11-89228-69-9 (세트)

* 한국만화영상진흥원 2019 다양성만화 제작 지원 사업에 선정된 작품입니다.